A volta ao mundo em 80 dias

Júlio Verne
adaptação de Penélope Martins

A volta ao mundo em 80 dias

Ciranda Cultural

Esta é uma publicação Principis, selo exclusivo da Ciranda Cultural.
© 2024 Ciranda Cultural Editora e Distribuidora Ltda.

Texto
Júlio Verne

Produção editorial e projeto gráfico
Ciranda Cultural

Adaptação
Penélope Martins

Ilustrações
Júnior Caramez

Preparação
Luciana garcia

Diagramação
Ana Dobón

Revisão
Fernanda R. Braga Simon

Dados Internacionais de Catalogação na Publicação (CIP) de acordo com ISBD

V531v	Verne, Júlio.
	A volta ao mundo em 80 dias / Júlio Verne ; adaptado por Penélope Martins ; ilustrado por Júnior Caramez. - Jandira, SP : Ciranda Cultural, 2024.
	64 p. ; il; 15,50cm x 22,6cm. - (Clássicos ilustrados).
	ISBN: 978-65-2611-301-1
	1. Literatura juvenil. 2. Viagem. 3. Histórias. 4. Ação. 5. Aventura. I. Martins, Penélope. II. Caramez, Júnior. III. Título. IV. Série.
2024-1842	CDD 028.5 CDU 82-93

Elaborada por Lucio Feitosa - CRB-8/8803

Índice para catálogo sistemático:
1. Literatura juvenil 028.5
2. Literatura juvenil 82-93

1ª Edição
www.cirandacultural.com.br

Todos os direitos reservados. Nenhuma parte desta publicação pode ser reproduzida, arquivada em sistema de busca ou transmitida por qualquer meio, seja ele eletrônico, fotocópia, gravação ou outros, sem prévia autorização do detentor dos direitos, e não pode circular encadernada ou encapada de maneira distinta daquela em que foi publicada, ou sem que as mesmas condições sejam impostas aos compradores subsequentes.

Sumário

Capítulo 1 - O misterioso Phileas Fogg 7

Capítulo 2 - Uma aposta milionária 11

Capítulo 3 - Começa a viagem 15

Capítulo 4 - O ladrão de banco 17

Capítulo 5 - Passepartout, o tagarela 21

Capítulo 6 - A travessia do mar Vermelho 25

Capítulo 7 - Os sapatos perdidos 27

Capítulo 8 - A viagem de elefante 29

Capítulo 9 - O resgate de Auda 33

Capítulo 10 - Phileas é preso 37

Capítulo 11 - O desaparecimento de Passepartout 41

Capítulo 12 - A grande tempestade 45

Capítulo 13 - Passepartout narigudo 47

Capítulo 14 - A sorte de Phileas 51

Capítulo 15 - O novo mundo 55

Capítulo 16 - Phileas Fogg, o pirata 57

Capítulo 17 - O ladrão é preso 59

Capítulo 18 - A volta ao mundo 61

Capítulo 1

O misterioso Phileas Fogg

Um homem misterioso morava na casa de número 7, na Saville Row, em Londres, Inglaterra. O ano era 1872. O nome dele, Phileas Fogg, membro de um clube seleto de cavalheiros, o Reform Club, e dono de uma grande fortuna.

Parecia ter viajado bastante, porque ninguém conhecia o mapa-múndi tão bem quanto ele. Mas todos sabiam que Phileas não deixava Londres havia muitos anos. Era visto sempre nos mesmos lugares, fazendo as mesmas coisas.

Não tinha mulher nem filhos, vivia sozinho na casa de Saville Row e não recebia visitas.

A casa não era luxuosa, porém era confortável.

Naquele 2 de outubro, Phileas demitiu seu único funcionário, James, porque a temperatura da água para fazer barba estava 28,8 graus, e não 30, como deveria ser.

Sentado em sua poltrona preferida, Phileas controlava o relógio e esperava a chegada de um candidato para a entrevista de emprego.

Depois de James avisá-lo da chegada do rapaz e de Phileas autorizar a entrada dele, o rapaz se apresentou educadamente ao cavalheiro.

— Meu nome é Jean, e meu apelido, Passepartout, significa que sei fazer um pouco de tudo. Já tive várias profissões: cantor, trapezista, equilibrista, bombeiro, professor de ginástica. Depois disso, deixei a França para viver aqui na Inglaterra e me tornei mordomo.

— Perfeito, Passepartout. Já sabe de minhas condições? – interrompeu Phileas.

— Sim, senhor.

— Está contratado.

Logo depois, Phileas conferiu as horas do relógio de Passepartout com as horas do próprio relógio, para que os dois seguissem sincronizados.

Depois da entrevista, Phileas foi para o clube. Passepartout pegou o papel pregado próximo ao relógio do quarto que continha todas as tarefas que teria de cumprir diariamente. Esfregou as mãos e repetiu para si mesmo:

— Um patrão calmo, com hábitos programados e que nunca viaja. Isso é tudo de que preciso. Acho que vou me entender muito bem com o senhor Fogg!

Capítulo 2

Uma aposta milionária

Enquanto Passepartout examinava a casa de Saville Row, seu patrão almoçava no clube a mesma refeição de todos os dias.

Ao meio-dia e quarenta e sete, Phileas foi para outra sala, para ler o *Morning Chronicle*. Ali ficaria até a hora do jantar. Cinco e quarenta da tarde, seus parceiros habituais no jogo de cartas chegaram.

Gaulthier Ralph, diretor do Banco da Inglaterra, foi cercado com as perguntas dos amigos.

— Ralph, quais são as notícias sobre o roubo? — perguntou Thomas Flanagan.

— O banco vai desistir de procurar o dinheiro — afirmou Andrew Stuart.

— Nada disso — continuou Ralph —, esperamos encontrar o autor do roubo.

— Algum sinal do ladrão? — quis saber Stuart.

— Não se trata de um ladrão. Os jornais afirmam ser um cavalheiro — disse Phileas, escondido atrás da pilha de jornais que lera durante o dia, surpreendendo a todos.

– Ele não conseguirá fugir – disse Ralph. – Contamos com a ajuda dos melhores inspetores de polícia enviados para diversos portos do mundo.

– Mas a Terra é muito grande – completou Andrew Stuart.

– A Terra era grande antigamente; não é mais.

– Então é essa a maneira de provar que a Terra diminuiu – afirmou Andrews Stuart –, porque hoje damos a volta ao mundo em três meses.

– Oitenta dias – disse calmamente Phileas Fogg. – Um trajeto a partir de Londres, passando por Suez, Bombaim, Calcutá, Hong Kong, Yokohama, São Francisco e Nova York para alcançar Londres novamente.

Depois de dizer o trajeto, Phileas Fogg sugeriu que fizessem juntos a viagem.

– Tenho vinte mil libras no banco e apostaria cada centavo que consigo fazer a volta ao mundo em oitenta dias.

Os demais cavalheiros admiraram a coragem de Phileas Fogg, mas completaram a aposta.

– Pois bem, partirei esta noite no trem das oito horas e quarenta e cinco minutos, e regressarei a esta sala do Reform Club no dia 21 de dezembro, exatamente às oito horas e quarenta e cinco minutos.

Um documento foi escrito e todos os cavalheiros assinaram. Phileas Fogg fez um cheque com a quantia de vinte mil libras, que deixou como garantia. Caso não conseguisse completar sua aventura, todo o seu dinheiro pertenceria aos outros cavalheiros. Mas não conseguir era um plano fora de questão para Phileas!

Capítulo 3
Começa a viagem

Passepartout foi surpreendido pela chegada de Phileas à mansão de Saville Row. Depois de subir para o quarto, Phileas chamou Passepartout:

— Partiremos daqui a dez minutos para uma viagem de volta ao mundo.

— Volta ao mundo... — Passepartout arregalou os olhos enquanto repetia.

— Sim, em oitenta dias, por isso não podemos perder um minuto sequer. Esqueça as malas; prepare apenas uma maleta com duas camisas de lã e três pares de meias para cada um de nós.

Passepartout ficou pensando na loucura da tal viagem e que aquele certamente não era o emprego calmo que imaginara.

— Cuide bem desta sacola, Passepartout, porque coloquei vinte mil libras dentro dela — Phileas falou, entregando-a ao empregado.

À noitinha, os dois pegaram uma pequena carruagem e às oito e vinte estavam na estação de trem. Passepartout pagou o cocheiro pela viagem.

Phileas mandou que o empregado comprasse duas passagens de primeira classe para Paris e em poucos minutos os dois viajantes estavam na plataforma despedindo-se dos outros cavalheiros responsáveis pela aposta, que haviam ido até lá para vê-los partir.

– No sábado, 21 de dezembro de 1872, às oito horas e quarenta e cinco minutos, nos encontraremos no clube, senhores.

Capítulo 4
O ladrão de banco

A notícia da aposta milionária se espalhou pelo Reform Club, depois para os jornais e depois para todo o Reino Unido. O "caso da volta ao mundo" se tornara um debate público, dividindo opiniões. A maioria achava uma loucura Phileas acreditar que completaria a viagem em apenas oitenta dias.

O único jornal de grande circulação que manifestou apoio a Phileas Fogg foi o *Daily Telegraph*, mas isso também não durou muito.

Para ter sucesso, Phileas não poderia sofrer um atraso sequer. Tudo deveria seguir numa sincronia perfeita, e a perfeição, todos sabiam, era impossível para o caso.

Depois de sete dias da partida de Phileas e Passepartout, o chefe da polícia metropolitana de Londres recebeu um telegrama que mudaria as opiniões sobre o viajante. O detetive Fix solicitava um mandado de prisão para o ladrão de banco, Phileas Fogg.

O retrato de Phileas no Reform Club foi analisado, e a semelhança com o suposto ladrão era muito grande. A vida misteriosa, o isolamento e a viagem inesperada faziam crer que Phileas era culpado.

O detetive Fix foi para Suez, a fim de esperar a chegada do navio *Mongólia*, no dia 9 de outubro, juntamente com o cônsul do Reino Unido do local, presumindo que conseguiria apanhar o suspeito.

– Esse navio não se atrasa, senhor cônsul?

– Claro que não, senhor Fix, o *Mongólia* sempre chega antes do tempo esperado – disse o cônsul. – Mas, sinceramente, não creio que conseguirá reconhecer o homem somente com a descrição que recebeu.

Enquanto o navio se aproximava, o cais começou a encher de gente. O *Mongólia* ficaria quatro horas em Suez para se abastecer de carvão e seguir viagem para Bombaim, na Índia.

Fix observava atentamente todos os passageiros que desciam do navio, até que um deles veio lhe perguntar onde era o escritório do consulado, mostrando o passaporte, no qual desejava receber um visto britânico. O agente de polícia apanhou o passaporte e tentou disfarçar o interesse quando viu que a foto do documento era idêntica à descrição do suspeito.

— Este passaporte não é do senhor, é? — indagou o detetive.

— Não, é do meu patrão, que está a bordo do navio.

— Bem, ele deve apresentar-se pessoalmente para obter o visto.

— E onde fica o consulado? — perguntou o passageiro.

Fix apontou as instalações do consulado.

—Vou buscar meu patrão, que decerto não vai gostar do incômodo.

Capítulo 5

Passepartout, o tagarela

O cônsul duvidou de que o tal suspeito procurasse por ele para carimbar seu passaporte, afinal de contas era uma formalidade dispensável.

— Não poderei fazer nada contra o cavalheiro se o documento estiver em ordem — disse o cônsul para o detetive. — Tenho de dar o visto e pronto.

Mal terminou a frase, bateram à porta dois estrangeiros; o francês era um deles.

O cônsul pegou o passaporte e leu com atenção, enquanto Fix permaneceu no canto do gabinete, devorando o estrangeiro com os olhos.

— O senhor é Phileas Fogg? — indagou o cônsul.

— Sim, sou eu mesmo.

— Bem, o senhor sabe que não é necessário carimbar o passaporte?

— Sim, sei, mas gostaria de comprovar minha passagem por Suez com o seu visto.

O visto foi concedido, e Phileas agradeceu e saiu junto com o empregado de volta ao *Mongólia*.

Já em sua cabine, Phileas anotava todos os detalhes da viagem em um diário, registrando as datas e os lugares correspondentes para que nenhum detalhe lhe escapasse. O roteiro incluía as principais cidades: algumas já percorridas, Paris, Brindisi, Suez; e as outras que viriam, Bombaim, Calcutá, Cingapura, Hong Kong, Yokohama, São Francisco, Nova York, Liverpool e, por fim, Londres.

Naquela tarde, Phileas pediu o jantar na cabine. Já Passepartout saiu para realizar algumas compras.

Fix, ao ver Passepartout no cais, aproximou-se para uma conversa.

– Não gostaria de visitar a cidade de Suez? – perguntou o detetive.

— Sim, mal posso acreditar que estamos em Suez, no Egito! – respondeu Passepartout. – Imagine o senhor que eu não acreditava que passaríamos de Paris, mas não ficamos ali nem uma hora.

— Devem estar com muita pressa! – comentou o agente.

— Eu? De forma alguma. Meu patrão, sim. Saímos de casa só com alguns pares de meias e poucas camisas, por isso devo comprar roupas por aqui.

O detetive ofereceu-se para acompanhar Passepartout, pois queria conseguir mais informações sobre Phileas Fogg. O que de fato aconteceu: o francês contou tudo sobre a viagem.

Fix, decidido a pegar o suspeito, resolveu embarcar no *Mongólia*.

Capítulo 6
A travessia do mar Vermelho

A distância entre Suez e Bombaim não poderia ser percorrida diretamente, por isso havia sido programada uma parada em Aden, na Arábia, para abastecer de carvão o navio.

O mar Vermelho fazia o navio balançar violentamente, quando soprava o vento do lado da Ásia ou da África, mas Phileas só se preocupava com a mudança dos ventos se fosse causar algum atraso em sua viagem.

Passepartout procurava aproveitar ao máximo a viagem. Certo dia, encontrou Fix no convés, e o cumprimentou o gentil homem que conhecera quando passaram pelo Egito. O detetive continuou a conversa, porém sem dizer muito sobre si mesmo...

— Também vou para Bombaim – disse Fix.

— E já conhece a Índia? – perguntou, interessado, Passepartout.

— Sim, é um lugar fantástico, com templos, mesquitas, tigres, dançarinas, serpentes. Dessa vez terão tempo para visitar o país?

— Espero que sim – respondeu Passepartout. – Afinal de contas, não é possível que um homem pule de um trem para um navio e depois para outro trem e outro navio, sem parar! Essa ginástica deve acabar em Bombaim, com certeza.

– Bem, essa viagem de volta ao mundo em oitenta dias pode esconder alguma missão secreta...

– Eu pagaria para saber a verdade, mas não sei de nada, palavra de honra.

No dia 14, o navio atracou no porto de Aden. A programação de Phileas seguia na maior perfeição. Eles haviam chegado ao destino com quinze horas de antecedência ao horário previsto.

Phileas e Passepartout procuraram o consulado para mais um visto no passaporte, depois o cavalheiro retornou ao navio para o jogo de uíste que tinha interrompido.

No domingo, 20 de outubro, o navio chegava a Bombaim, dois dias antes do prazo, o que foi anotado no diário de viagem de Phileas.

Capítulo 7
Os sapatos perdidos

Phileas desembarcou do *Mongólia* e mandou que o empregado fosse às compras. Combinaram de se encontrar na estação de trem antes das oito horas, enquanto isso ele iria carimbar outro visto em seu passaporte.

Fix, assim que deixou o navio, foi falar com o chefe de polícia da cidade de Bombaim sobre a ordem de prisão em nome do suspeito autor do roubo. O oficial, porém, informou que não recebera nenhum mandado de Londres.

Passepartout, ao contrário, já tinha mudado sua opinião e começava a acreditar na aposta que o levava a dar a volta ao mundo em oitenta dias!

Depois de comprar o necessário, o empregado resolveu dar algumas voltas por Bombaim.

Ao passar na frente de um templo, a caminho da estação, resolveu entrar, mas, como ignorava os costumes locais, entrou no templo de sapatos! Ele não sabia que ninguém, nem cristãos nem indianos, entrava calçado – os sapatos tinham de ser deixados do lado de fora.

Enquanto admirava a deslumbrante ornamentação, foi surpreendido por três sacerdotes que avançaram sobre ele, arrancando-lhe os sapatos.

O francês, forte e ágil, livrou-se de todos com socos e pontapés, alcançando a estação de trem cinco minutos antes das oito horas, e descalço.

Fix estava escondido na plataforma e escutou a história que Passepartout contou para seu patrão.

– Espero que isso não aconteça de novo – disse Phileas, entrando em um dos vagões do trem.

O empregado, descalço, seguiu o patrão sem dizer nada.

Fix ia subir no trem, mas decidiu ficar.

– Agora peguei o homem... Um crime cometido em território indiano...

Capítulo 8
A viagem de elefante

O trem partiu no horário previsto. Passepartout ocupava o mesmo vagão que o patrão, e um terceiro passageiro estava sentado no canto oposto.

O outro passageiro, Francis Cromarty, era um dos parceiros de Phileas no jogo de uíste durante a viagem no navio *Mongólia*. Era um brigadeiro e viajava partindo de Suez para se juntar às tropas em Benares.

Durante a noite, o trem atravessou montanhas e, no dia seguinte. uma região mais plana. Passepartout estava acordado e não acreditava que o trem atravessava a Índia. Conduzida por um maquinista inglês, a locomotiva soltava fumaça sobre as plantações de algodão, de café, de noz-moscada, de cravos-da-índia e de pimentas.

Ao meio-dia, o trem parou na estação de Burhampur, e Passepartout pôde comprar um par de babuchas enfeitadas com pérolas falsas, que ele calçou, envaidecido.

Na travessia da Índia, Passepartout começou a mudar sua opinião sobre o projeto do patrão.

Em 22 de outubro, a cento e dez quilômetros de Allahabad, o trem parou numa clareira, e o maquinista avisou que todos deveriam descer.

A estrada de ferro estava interrompida. Os passageiros deveriam procurar meios de transporte que os levassem até o outro trecho, para continuar a viagem.

– Eu vou a pé – Phileas disse para o empregado e para o senhor Francis, que estava alarmado com a mudança de planos.

Passepartout, preocupado com a ideia de ter de caminhar longamente com suas babuchas, fez uma descoberta.

– Senhor, encontrei um meio de transporte. Um elefante!

O elefante Kiuni era domesticado por seu dono e poderia levá-los a Allahabad.

Cinco minutos depois, estavam os três diante do animal comprado por Phileas pelo preço exorbitante de duas mil libras. Junto deles, iria também um indiano, que se ofereceu como guia mediante boa remuneração.

Compraram mantimentos para viagem no povoado, montaram o animal e seguiram floresta adentro.

Duas horas depois, fizeram uma parada de descanso, e só interromperam a viagem novamente para procurar abrigo para dormir.

À seis da manhã, retomaram a marcha, esperando chegar à estação naquela mesma noite. Na hora do almoço, pararam próximos a um agrupamento de bananeiras, fruto apreciado pelos europeus. Depois seguiram pela selva até que, inesperadamente, o elefante parou, agitado.

O guia desceu e enveredou pelo bosque, para saber o que se passava. Alguns minutos depois ele retornou, dizendo que deveriam se esconder.

O elefante foi levado para trás da vegetação densa, e os viajantes permaneceram na montaria, prontos para fugir, se fosse o caso.

Era uma procissão de brâmanes que cantavam ao som de tambores e címbalos. Os sacerdotes vinham cercados de homens, mulheres e crianças. Atrás deles, numa carroça puxada por zebus, estava uma estátua de quatro braços e corpo colorido vermelho, com um colar de caveiras pendurado no pescoço e um cinto de mãos cortadas.

– É Kali, deusa da destruição e da morte – explicou o senhor Francis.

Ao redor da estátua, havia velhos faquires pintados de listras em cor ocre e cobertos de incisões em formato de cruz das quais pingava sangue.

Atrás deles, alguns brâmanes, com suntuosas roupas orientais, arrastavam uma mulher que mal se sustentava de pé. Era uma jovem branca, parecia europeia, coberta de joias. Em seguida, guardas levavam o cadáver de um velho numa espécie de palanquim.

O cortejo desapareceu, e o brigadeiro informou que se tratava de um sacrifício humano voluntário. A mulher seria queimada com o cadáver do marido.

– Costumes bárbaros. Os ingleses não conseguiram acabar com isso? – indagou Phileas Fogg, sem que a voz denotasse emoção.

– Essa história é conhecida na região, e o sacrifício não é voluntário. A infeliz está intoxicada, por isso não consegue resistir – falou o guia.

– E para onde a levam?

– Para o templo de Pillaji, onde ela passará a noite até as primeiras horas do dia, quando será realizado o sacrifício.

– E se salvássemos a mulher? Estou doze horas adiantado, e poderíamos gastar essas horas no salvamento – indagou Phileas, espantando a todos.

– Quem diria! Você tem coração! – admirou o senhor Francis.

– Às vezes – respondeu Phileas. – Quando tenho tempo.

Capítulo 9

O resgate de Auda

O guia aceitou o desafio para salvar a mulher, que, assim como ele, era uma parse. Contou que a mulher se chamava Auda, era indiana de origem parse, filha de um rico negociante indiano e tinha recebido educação inglesa. Com a morte do pai, fora obrigada a se casar com o velho rajá. Quando o marido morreu, sabendo o que o destino lhe reservava, tentara fugir, mas fora capturada e obrigada ao sacrifício na fogueira.

O guia levou o elefante o mais perto possível do templo de Pillaji, e o rapto seria tentado à noite, quando os fanáticos adormecessem.

Meia-noite. Os guardas continuavam de plantão na entrada do templo. As horas passaram, e era chegada a hora do sacrifício. A porta do templo foi aberta. A moça foi trazida arrastada por dois sacerdotes e seguida por seus carrascos e colocada ao lado do cadáver do marido.

Um grito de terror foi ouvi-do. A multidão se jogou no chão, apavorada.

O velho rajá levantou-se da fogueira com a mulher nos bra-ços. Os fanáticos ficaram no chão, tomados de pavor pela figura fan-tasmagórica. O ressuscitado se aproximou do lugar onde esta-vam Phileas e seus companheiros e disse, com voz baixa:

– Corram!

O herói era Passepartout, que, aproveitando-se da espessa fuma-ça, alcançou a fogueira e retirou a mulher da morte.

Os quatro desapareceram no bosque; montaram o elefante, que saiu num trote rápido.

Por volta das dez horas da ma-nhã, chegaram a Allahabad, onde a ferrovia recomeçava. O senhor Fogg teria tempo para chegar a Calcutá e apanhar o navio que o levaria a Hong Kong.

Passepartout foi encarregado de adquirir algumas roupas e ob-jetos de toalete para a moça.

O trem se preparava para par-tir. Phileas pagou o preço combi-nado com o guia e disse:

— Você foi muito dedicado. Pelos seus serviços eu já paguei, mas pela sua dedicação nunca poderei pagar. Por favor, aceite o elefante.

O guia agradeceu, maravilhado, e os passageiros foram instalar-se no confortável vagão. Em questão de minutos, partiram.

O brigadeiro relatou à jovem o ocorrido, destacando a bravura de Phileas Fogg e o papel de Passepartout no desfecho da história.

A senhora Auda agradeceu, com lágrimas nos olhos. Fogg se ofereceu para levá-la até Hong Kong. A jovem aceitou, pois em Hong Kong tinha um parente seu, negociante na cidade.

Ao meio-dia e meia, o trem parou em Benares, destino do senhor Francis. Sete horas da manhã, o trem chegava a Calcutá. O navio partiria para Hong Kong ao meio-dia, portanto eles tinham cinco horas de intervalo.

Phileas Fogg deveria estar em Calcutá no dia 25 de outubro, portanto não estava nem atrasado nem adiantado.

Capítulo 10
Phileas é preso

Phileas pretendia desembarcar e ir até o navio que os levaria a Hong Kong, junto com a senhora Auda.

Logo na saída da estação, um policial abordou o senhor Fogg.

— O senhor é Phileas Fogg?

— Sou eu.

— Este é seu empregado?

— Sim.

— Queiram me acompanhar.

O policial levou os três para uma casa simples e mandou os prisioneiros descer. Sim, eles eram prisioneiros.

— Às oito e meia vocês comparecerão diante do juiz Obadiah — disse o policial, antes de trancar a porta.

Na verdade, quem planejara tudo aquilo fora o detetive Fix, que relatara o episódio da entrada de Passepartout de sapatos no templo às autoridades locais, na esperança de prender seu suspeito ladrão de banco. No entanto, depois de dada a sentença, Phileas perguntou ao juiz se poderia pagar a fiança, o que foi consentido.

Partiram rumo ao porto. O navio *Rangoon* estava pronto para partir, e Fix estava pronto para ver, novamente, Phileas seguir viagem.

Mais uma coisa perturbava o detetive Fix: a presença da senhora Auda naquele navio. Quem era aquela mulher? Tantos pensamentos fizeram Fix decidir interrogar Passepartout e tentar avisar as autoridades na primeira parada, em Cingapura.

– Senhor Fix! – exclamou Passepartout, quando o encontrou no convés. – Achei que não veria mais o senhor. Também vai dar volta ao mundo?

– Não, vou até Hong Kong – respondeu Fix, antes de perguntar por Fogg.

– Meu patrão está ótimo. O homem tem saúde perfeita, e agora viaja conosco uma jovem.

O francês contou toda a história que se passara no resgate da senhora Auda. Fix se manteve como bom ouvinte, e os dois foram ao bar para celebrar o reencontro.

É claro que Passepartout ficou intrigado com o estranho aparecimento de Fix no navio para Hong Kong. "Quem era aquele homem?", ele se perguntava.

No dia seguinte, com doze horas de antecedência, o navio parou em Cingapura para ser reabastecido de carvão. Phileas anotou a vantagem no diário, depois desceu do navio para acompanhar Auda em um passeio no lugar.

Às onze horas, o *Rangoon* soltou as amarras e partiu para Hong Kong.

Capítulo 11

O desaparecimento de Passepartout

Os últimos dias de viagem com mau tempo dificultavam a marcha do navio. O *Rangoon* precisou diminuir a velocidade, e o capitão calculou que chegariam a Hong Kong com pelo menos vinte e quatro horas de atraso.

Phileas assistia ao espetáculo do mar furioso com a habitual indiferença. No entanto, todo esse atraso poderia fazê-lo perder o navio para Yokohama.

Finalmente a tormenta passou, mas o tempo perdido não poderia ser recuperado. Eles avistaram a terra no dia 6, e o navio para Yokohama devia ter partido no dia anterior.

Um trabalhador do porto subiu a bordo do *Rangoon* e o senhor Fogg lhe perguntou sobre o próximo navio para Yokohama. Quando o homem respondeu que haveria uma saída no dia seguinte, ele quase não acreditou.

– As caldeiras do navio *Carnatic*, que partiria com destino a Yokohama, precisaram de conserto, o que atrasou sua partida – informou o prático.

Com tempo suficiente, Phileas desembarcou, hospedou a senhora Auda em um hotel e foi buscar informações sobre seu parente, o rico negociante, mas acabou descobrindo que o homem se mudara para a Europa.

Phileas Fogg retornou ao hotel e informou à senhora Auda que ela deveria seguir viagem com ele.

Passepartout ficou encarregado de comprar as passagens e reservar três cabines.

Passeando pela cidade, Passepartout encontrou seu colega, o detetive Fix.

– E então, senhor Fix, já decidiu ir conosco para a América?

– Já.

– Eu sabia que o senhor não se separaria de nós – disse Passepartout, soltando uma gargalhada. – Venha reservar seu lugar.

Os dois entraram no escritório dos transportes marítimos e reservaram as quatro cabines. O funcionário avisou que os reparos já haviam sido feitos, por isso o navio partiria naquela mesma noite, e não no dia seguinte.

Passepartout ficou animado com a notícia e queria avisar logo seu patrão.

Fix resolveu, então, contar toda a verdade ao amigo e convidou-o para uma bebida em uma taberna no cais do porto. Depois de fazer o rapaz entornar quase uma garrafa, o detetive contou sua versão da história e explicou que precisava de ajuda para deter Phileas em Hong Kong. Passepartout se recusou a trair seu patrão.

Vendo que o francês estava embriagado, Fix serviu-lhe mais bebida, até que ele caísse desmaiado, e em seguida pagou a conta e saiu.

No dia seguinte, pela manhã, Passepartout não atendeu ao chamado de seu patrão. Phileas Fogg pegou a sacola, mandou avisar a senhora Auda e pediu a um palanquim que os levasse até o porto.

A moça parecia preocupada com o desaparecimento do empregado, mas Phileas a tranquilizava, dizendo tratar-se de um incidente qualquer.

O inspetor Fix se aproximou deles.

– O senhor não estava a bordo do *Rangoon*? – perguntou Phileas Fogg.

– Sim, e acabo de perder o navio para Yokohama. Desculpem a intromissão, pretendiam embarcar no *Carnatic* também?

– Sim, senhor – respondeu a moça.

– Partiu ontem. Outro navio só daqui a oito dias!

Phileas, levando a senhora Auda pelo braço, saiu à procura de outro navio. Durante três horas, percorreu o porto, até encontrar o marinheiro John Bunsby com seu barco *Tankandère*.

Antes que partissem no barco, Phileas Fogg procurou por uma delegacia para cuidar do desaparecimento de Passepartout.

Capítulo 12

A grande tempestade

Durante todo o dia seguinte, o *Tankandère* se manteve na costa, aproveitando os ventos favoráveis. Vinte e quatro horas depois, o barômetro acusou mudança de tempo. John Bunsby examinou o céu e falou:

— Parece que um tufão nos espera.

— Se teremos uma ventania, ela nos empurrará na direção certa — respondeu Phileas.

O barco era erguido pelo vento, e montanhas de água se formavam por trás. O pior só não aconteceu porque o piloto manobrava com habilidade.

Continuaram a viagem na direção norte, atravessando a tormenta. Quando a tempestade acalmou, ainda faltavam cem milhas para Xangai, e naquela noite o navio para São Francisco levantaria âncora.

Ao meio-dia, a escuna estava a quarenta e cinco milhas. Às seis horas, a apenas dez milhas...

Phileas Fogg pediu que mandasse um sinal de canhão para o navio. O sinal era disparado em dias de nevoeiro, como pedido de socorro.

– Fogo! – disse Phileas.

E o canhão explodiu no ar.

Capítulo 13

Passepartout narigudo

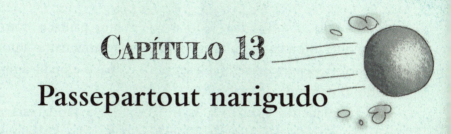

O *Carnatic* deixou Hong Kong no dia 7 de novembro, e as únicas cabines vazias eram a de Phileas e a do inspetor.

Depois de ser embriagado por Fix, o rapaz ficou caído no bar por três horas. Com uma espécie de instinto, Passepartout caminhou cambaleante até o navio, embarcou e foi recolhido pelos marinheiros.

Na manhã seguinte, Passepartout procurou pelo patrão, mas soube que ele não havia embarcado. Então, lembrou-se da conversa com Fix. O pior é que não tinha um tostão no bolso! Durante a viagem teria o que comer, mas depois...

No dia 13, pela manhã, o *Carnatic* entrou no porto de Yokohama. Passepartout desembarcou no Império do Sol Nascente.

O rapaz tinha tomado farto café da manhã no navio, mas o estômago já doía de fome. Vender seu relógio poderia render algum dinheiro, mas preferia morrer de fome a se desfazer da única herança de família.

Quando se aproximava do cais, viu um palhaço com um cartaz que anunciava as últimas exibições de uma trupe japonesa. Era isso! Passepartout resolveu seguir o palhaço e pedir emprego ao dono da tenda de exibição.

O espetáculo começava às três horas, e a tenda estava lotada de europeus. A principal exibição era a dos "Narigudos". Usando roupas medievais, asas nos ombros e um enorme nariz, formavam uma pirâmide humana com cinquenta "narigudos". Passepartout era forte e foi designado para a base da pirâmide. Acima dele outra fileira, depois uma terceira, uma quarta...

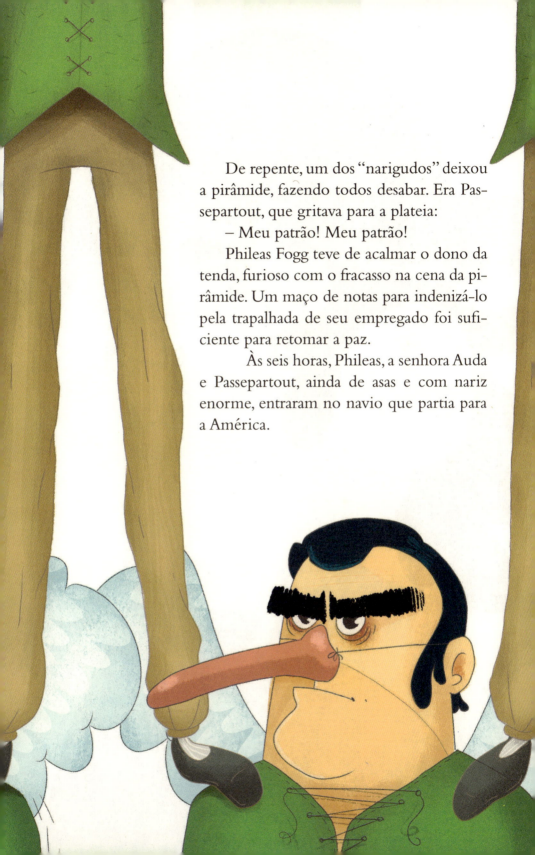

De repente, um dos "narigudos" deixou a pirâmide, fazendo todos desabar. Era Passepartout, que gritava para a plateia:

– Meu patrão! Meu patrão!

Phileas Fogg teve de acalmar o dono da tenda, furioso com o fracasso na cena da pirâmide. Um maço de notas para indenizá-lo pela trapalhada de seu empregado foi suficiente para retomar a paz.

Às seis horas, Phileas, a senhora Auda e Passepartout, ainda de asas e com nariz enorme, entraram no navio que partia para a América.

Capítulo 14
A sorte de Phileas

O que aconteceu em Xangai qualquer pessoa pode imaginar. O navio americano viu o sinal de canhão e se dirigiu para socorrer o *Tankandère*. Naquele momento, John Bunsby recebeu sua gratificação, e Phileas embarcou com a senhora Auda e Fix, para seguir viagem para Yokohama.

Ao desembarcarem em Yokohama, Phileas e Auda foram procurar por Passepartout no *Carnatic* e ficaram sabendo que ele descera na cidade japonesa, no dia anterior.

Naquela mesma noite, sairia o navio para São Francisco, e Phileas tinha pouco tempo para encontrar Passepartout. Uma espécie de sorte ou pressentimento o levou até a tenda de exibição.

A história toda foi contada para Passepartout pela senhora Auda, assim como a aventura na travessia de Hong Kong a Yokohama, em companhia do senhor Fix.

Passepartout nem piscou quando ouviu o nome de Fix. Achava que ainda não era hora de contar ao patrão o que se passara.

O *General Grant*, navio que atravessava o Oceano Pacífico até São Francisco, ganhava velocidade com suas máquinas a vapor e três grandes velas. A viagem duraria dezoito dias, o que significava chegar ao porto americano no dia 2 de dezembro e, no dia 20, em Londres, algumas horas antes da data final da aposta.

A viagem correu bem, e a moça começou a se interessar pelos projetos do senhor Fogg, passando a conversar com Passepartout sem poupar elogios ao inglês.

Em 23 de novembro, Phileas tinha percorrido metade do globo terrestre. Dos oitenta dias, já haviam passado cinquenta e dois.

Onde estaria Fix depois de tão longa jornada? Fix estava no mesmo navio. Finalmente tinha em mãos uma ordem de prisão para apanhar Phileas, mas que já não servia fora do território inglês, porque chegara tarde demais.

Naquele mesmo dia, Passepartout ficou frente a frente com Fix no convés. O rapaz pulou no pescoço do detetive e deu-lhe grande surra.

No dia 3 de dezembro, o *General Grant* entrou na baía de São Francisco, exatamente como planejado por Phileas Fogg.

Capítulo 15
O novo mundo

Eram sete horas da manhã quando Phileas Fogg, a senhora Auda e Passepartout colocaram os pés em solo norte-americano. Lá, navios e barcos de todas as nacionalidades, iriam para o Brasil, Peru, México e também todas as ilhas do Pacífico.

No horário marcado, tomaram o trem para Nova York. O vagão ocupado por Phileas Fogg não tinha cabines, apenas duas fileiras de bancos com um corredor no meio que levava às toaletes. Passepartout estava ao lado do detetive de polícia, mas não conversavam.

A viagem de trem teve muitos percalços: ponte quebrada, invasões e ataques de índios à composição. Isso custou vinte horas de atraso!

Sem ter como continuar a viagem no trem, conseguiram um trenó para ir até Omaha, onde poderiam pegar um trem para Nova York. Era arriscado, mas a única forma de concluir a viagem a tempo de ganhar a aposta.

Mudge era o americano dono do estranho meio de transporte, uma espécie de caixa apoiada em vigas, com lugar para cinco ou seis pessoas e, na frente, o mastro alto equipado por uma vela.

– Chegamos! – Mudge anunciou à uma da tarde.

Um trem estava partindo. No dia seguinte, os quatro passageiros chegaram a Chicago e apanharam outro trem para Nova York. Finalmente, em 11 de dezembro, o trem parou em Nova York, bem em frente ao píer dos navios a vapor da linha *Cunard*, que cruzava o oceano em direção à Inglaterra. Mas, infelizmente, o navio para Liverpool partira havia quarenta e cinco minutos!

Phileas Fogg, com habitual calma, disse:

– Amanhã resolveremos.

Os quatro foram para um hotel na Broadway, onde Phileas dormiu profundamente, ao contrário de seus amigos.

Em 12 de dezembro, o senhor Fogg saiu do hotel sozinho e dirigiu-se às margens do rio Hudson. Procurou entre os navios algum que servisse. Avistou o *Henrietta,* um navio a vapor com casco de ferro e a parte superior de madeira. O capitão parecia um lobo do mar, de cabelos vermelhos e cara de poucos amigos.

Phileas convenceu o capitão a levar os passageiros para a Europa por uma quantia de dois mil dólares por pessoa. Só um detalhe atrapalhava seus planos: o navio seguiria para Bordeaux, e não para Liverpool. Para esse problema, Phileas pensaria em uma solução depois que embarcassem.

Capítulo 16
Phileas Fogg, o pirata

O capitão do navio *Henriette* era Speedy. Ele tinha traçado a rota para Bordeaux e não se afastaria dela nem por uma grande recompensa.

No dia 13 de dezembro, um homem subiu ao passadiço para acertar as coordenadas da embarcação. Era Phileas Fogg, e não o capitão.

Acontece que, depois de tentar convencer o capitão, Phileas foi obrigado a negociar com os marinheiros gratificações para que mudassem a rota. O capitão foi trancafiado na cabine, e o navio seguiu para Liverpool.

Em 16 de dezembro, o atraso do *Henriette* não era de preocupar, não fosse pelo carvão que não seria suficiente para alcançar o porto de Liverpool.

– Não deixe abaixar o fogo, continue dando o máximo nas caldeiras até que o carvão termine – disse Phileas para o encarregado.

Depois de calcular a posição do navio, Phileas Fogg mandou Passepartout buscar o capitão Speedy. O homem apareceu, fora de si, dizendo:

– Pirata!

– Pedi que o chamassem, capitão. Quero comprar seu navio, porque serei obrigado a queimá-lo – respondeu Phileas. – Seu navio vale cinquenta mil. Eu lhe dou sessenta, e o senhor ainda fica com o casco.

O capitão esqueceu a raiva e fez o bom negócio.

Então, a tripulação começou a desmontar a parte de cima e a queimar a madeira do navio, mantendo alimentadas as caldeiras.

No dia 20 de dezembro, estavam na Irlanda. Os viajantes se despediram e deixaram o capitão Speedy partir com os dólares e o casco do *Henriette*.

Em 21 de dezembro, às onze e quarenta, Phileas Fogg desembarcou no cais de Liverpool. Estava a seis horas de Londres.

Naquele momento, Fix mostrou o documento e disse:

– Em nome da Rainha, o senhor está preso, Phileas Fogg!

Capítulo 17

O ladrão é preso

Phileas Fogg, sentado em um banco de madeira na alfândega, estava longe de parecer um prisioneiro. Colocara o relógio sobre a mesa e seguia os ponteiros com os olhos.

Duas horas e meia depois, Fix, descabelado, veio até ele e disse:

– Senhor, perdão, é lamentável a coincidência na descrição... O verdadeiro ladrão foi preso há três dias... O senhor está livre!

Phileas Fogg levantou-se, levou o braço para trás e deu dois socos no infeliz. Fix ficou no chão, certo de ter recebido o que merecia.

O senhor Fogg, a senhora Auda e Passepartout correram para a estação e embarcaram em um trem especial. Com os cálculos de Phileas, a viagem deveria ser feita em cinco horas e meia, mas alguns atrasos fizeram que o trem chegasse a Londres às oito e cinquenta.

Phileas Fogg estava cinco minutos atrasado. Perdera a aposta!

No dia seguinte, não parecia que a mansão de Saville Row estava ocupada. Portas e janelas estavam fechadas. Depois de mil obstáculos, mil perigos, Phileas Fogg fracassara.

Pela primeira vez, o relógio bateu onze e meia e Phileas não foi ao Reform Club. Permanecia no quarto, enquanto era observado pelo buraco da fechadura por Passepartout.

Às sete e meia da noite, Phileas Fogg foi ao encontro da senhora Auda.

– Peço desculpas por trazê-la para a Inglaterra. Quando pensei trazê-la, eu era rico e tinha decidido colocar uma parte de minha fortuna à sua disposição, mas agora estou arruinado.

A senhora Auda levantou-se e estendeu a mão para Phileas fazer o mesmo.

– Senhor Fogg, gostaria que eu fosse sua esposa? A miséria a dois é mais suportável – ela disse.

– Por tudo que é mais sagrado no mundo, eu a amo!

Passepartout foi chamado. Phileas pediu que o rapaz avisasse o reverendo da paróquia sobre a celebração do casamento no dia seguinte.

Capítulo 18

A volta ao mundo

O ladrão do banco fora preso no dia 17 de dezembro, e daquele momento em diante houve uma reviravolta. Todos os apostadores retomaram seus investimentos em Phileas Fogg.

Os cinco colegas do Reform Club se perguntavam se Phileas Fogg apareceria no dia 21 de dezembro às oito e quarenta e cinco.

Oito e quarenta e três. Oito e quarenta e quatro. Oito e quarenta e quatro minutos e cinquenta e sete segundos, a porta do salão se abriu, e Phileas Fogg entrou, seguido de uma multidão.

– Senhores, cheguei!

Sim, Phileas em pessoa. Acontece que, às oito e cinco da noite, Passepartout foi encarregado de procurar o reverendo para a celebração do casamento no dia seguinte, segunda-feira. Oito e trinta e cinco, o rapaz saía em disparada pelas calçadas para voltar à casa de Saville Row.

– Patrão, será impossível realizar o casamento amanhã, porque amanhã é domingo!

– Segunda – corrigiu Phileas Fogg.

– Não, hoje é sábado. O senhor errou o dia, e chegamos vinte e quatro horas antes, mas só nos restam dez minutos!

Passepartout arrastou o patrão para a rua, onde apanharam uma carruagem e se dirigiram para o Reform Club. Ele tinha feito a volta ao mundo! E ganhara a aposta de vinte mil libras!

Mas como um homem tão organizado se enganara sobre a data de chegada?

Isso aconteceu porque Phileas dera a volta ao mundo pelo leste, ganhando quatro minutos a cada grau que andava para a direita. Como a circunferência da Terra tem 360° graus, Phileas Fogg ganhou 1.440 minutos, ou seja, 24 horas.

Phileas ganhou vinte mil libras. A viagem lhe custou dezenove mil, por isso não houve lucro algum, o que não importava para ele, que realizara a viagem não pelo dinheiro, mas pelo desafio.

 As mil libras de lucro, Phileas dividiu entre Passepartout e Fix, o inspetor a quem era incapaz de odiar.
 Na segunda-feira, quarenta e oito horas depois, foi celebrado o casamento de Phileas Fogg com a senhora Auda. Passepartout foi padrinho da noiva.
 Na manhã seguinte, Passepartout bateu à porta do quarto do patrão. Calmamente, Phileas Fogg abriu a porta.
 – O que foi, Passepartout?
 – Acabei de saber...
 – O quê, meu rapaz?
 – Poderíamos ter dado a volta ao mundo em setenta e oito dias...
 – Sem dúvida. Mas sem atravessar a Índia, o que significaria não conhecer a senhora Auda, e hoje ela não seria minha mulher... – respondeu Phileas Fogg, antes de fechar tranquilamente a porta.